KB139492

남가주

해변의 염소

열/린/시/학/정/형/시/집 164

남가주 해변의 염소

기영주 시조집

고요아침

　나이가 많아지면서 여러 가지를 정리하는 중에 이제 시
조집 출간을 미룰 수 없다는 생각을 했습니다. 내가 걸어
온 길에서 쓴 시조를 한국과 미국에 있는 가족과 친지들에
게 드러내서 함께 읽어야 한다는 생각 때문이었습니다.

　시인의 말을 쓰면서 즐거운 상상을 하고 있습니다.

　사랑하는 아내 숙(淑)과 이 시조집을 읽으며 하루하루를
기쁘게 살아가는 것입니다. 그리고 손자들이 한국어에 능
통해져 나의 시를 읽어 주기를 바라면서 『남가주 해변의
염소』가 출간되기를 기다립니다.

2021년 11월
기영주

■ 차례

시인의 말   05

제1부 비탈에 선 나무들

유랑의 길   13
귀항歸港   14
꽃비   15
경칩 소고   16
새벽 풍경   17
폭포   18
가슴속의 돌   19
어머니의 恨淚   20
배고픈 새들   21
작은 발   22
소년의 슬픔   23
오후의 병실   24
앵초櫻草   25
할미꽃   26
춘풍   27
비탈에 선 나무들   28

제2부 여름 산정에서

그냥 떠나자   31

무등산   32

고향 생각   33

빨래터   34

여름밤의 추억   35

산정山頂   36

열사熱沙에 묻힌 길   37

맹물로 살아도 좋은데   38

수국水菊   39

산딸기   40

이조의 여인   41

갈대 1   42

염소의 뿔 1   43

깨진 놋화로   44

석탑을 쌓으며   45

제3부 가을 해변에서

먼 길을 가네　　　　　　　　　　　49

길 위에서　　　　　　　　　　　　50

갈대 2　　　　　　　　　　　　　51

가을엔　　　　　　　　　　　　　52

철새 候鳥의 노래　　　　　　　　53

유랑의 슬픔 1　　　　　　　　　　54

지혜의 과일　　　　　　　　　　　55

가을 해변에서　　　　　　　　　　56

정情　　　　　　　　　　　　　　57

해국海菊　　　　　　　　　　　　58

유랑의 슬픔 2　　　　　　　　　　59

염소의 뿔 2　　　　　　　　　　　60

추풍　　　　　　　　　　　　　　61

빈 들을 지키고 있네　　　　　　　62

Death Valley에서　　　　　　　　63

제4부 십이월 차고 푸른 날

세월이 지나고 나면   67

십이월 차고 푸른 날   68

고향에 돌아 온 밤   69

속으로 타는 불   70

소멸消滅의 아픔   71

홍진紅塵   72

섣달그믐   73

울음 우는 정   74

산정山頂에 잔광殘光이 빛날 때   75

불귀不歸   76

먼 훗날도 가다가   77

회억回憶의 애가哀歌   78

내 마음 비에 젖네   79

우우吁吁 탄식嘆息하네   80

노을이 번질 때   81

하늘을 날아라   82

해설_삶을 규정하는 몇 개의 편린들 /황인원   83

제1부

—

비탈에 선 나무들

유랑의 길

수없이 많은 길이
내 앞에 있지만

하나만 선택하여
나 혼자 가야하네

유랑은
외로운 길이니
노래하며 가려네

귀항歸港

낙조 붉은 난바다에
흐린 섬이 흘러가네

바닷길이 아득하여
안개 낀 가슴 아파라

선수船首에
역풍 불어도
귀항하는 작은 배여

꽃비

새 옷 입고 단장하고
새롱새롱 노래하네

백마 타고 임이 오시리
가슴 둥둥 북을 치네

누이야
꽃비 내린다
바람 부는 언덕길에

경칩 소고

남풍 불고 봄비 오면
깨어나는 찬 피 동물

네 몸속의 찬 피가
네 죄는 아니어라

사람이
지어낸 차별
가슴 아파하지 마라

새벽 풍경

젖은 별들 내려와
안개에 싸이는데

귀뚜라미 울어 울어
긴 밤을 지새는구나

더불어 사는 세상을
혼자 울어 어찌하리

폭포

떨어져
상처를 깊게 입을 때까지

강물은 변함없고
풍경만 변한다고

날마다 철렁거리며
강물은 흘러왔네

아픔을 지닌 채
바다에 이르는 줄을

흐르는 것들이
슬픔과 그리움인 것을

폭포가
없었더라면
강물은 몰랐으리

가슴속의 돌

고국을 떠나던 날
가슴속에 박힌 돌

그리우면 자라고
아프면 단단해지네

밤중에
잠에서 깨어
그 울음소리 듣네

어머니의 한루恨淚

사십 전에 과부 되어
여섯 자식 키우셨네

그 많은 비웃음을
어떻게 견뎠을까?

한밤중
한숨 같은 울음
시리고 아팠으리

배고픈 새들

젊은 과부 소복하고
치마끈 동여매고

팔다 남은 떡 바구니
머리에 이고 오는데

배고픈
새들이 와서
전깃줄에 앉아있네

작은 발

갓난아기의 발을
귀여워 보고 있네

아주아주 작은 발이
꼬물꼬물 걷고 있네

가만히 잡아 보는데
아장아장 걸어가네

발아 발아 예쁜 발아
무럭무럭 자라서

뚜벅뚜벅
뚜벅뚜벅
온 세상을 걸어라

넓고도
험한 세상을
힘차게 걸어가라

소년의 슬픔

한 소년이 잔디에 누어 파란 하늘을 보네
울 일이 없는데
눈물이 자꾸 나네
불행을 아직 모르는데
눈물이 자꾸 나네

가 본 적이 없는데 눈앞에 보이는 바다
파도가 밀려오고
섬들이 떠다니네
등대가 높이 서 있고
한 소녀가 앉아 있네

바람이 불어오고 꽃들이 떨고 있네
그 등대에 가고 싶네
그 소녀를 만나고 싶네
가만히 노래 부르네
슬픔과 그리움을

오후의 병실

화창한 봄날 오후 창밖을 내다보네
푸르디 푸른 하늘 비행기 한 대 날아가네

하얀 길 하나 남겨 놓고
소리 없이 사라지네

조용해진 방 안에 햇살이 가득 차네
마음이 멀리 떠나고 그리움이 밀려오네

푸르디푸른 하늘에
보고 싶은 얼굴들

앵초 櫻草

화원에 들렀더니 앵초가 피어 있더라
봄바람 아직 찬데 가냘프게 피었더라

여기도 앵초꽃 피었다고
고국에 전해야지

볕드는 나무 사이 너의 옆에 앉으면
옛 이야기 들려주던 앵두 같은 꽃이여

올 봄도 깊은 계곡에
홀로 피었겠네

할미꽃

붉디붉은 꽃잎들과
샛노란 수술들을

하얀 털로 감추고
고개를 숙이고 있네

무덤가
조용한 봄날
혼자서 우는구나

춘풍

바람 분다
바람 분다
만춘 하늘에
꽃바람 분다

임이 오시네
임이 오시네
꽃바람 따라
임이 오시네

화사한
날개를 펴고
그리운 임 오시네

비탈에 선 나무들

풀잎들 말라가는 바람 많은 비탈에서
상처 입은 손을 모아 높이높이 흔드네

옛날에 늘 그랬듯이
잿빛 하늘 무겁구나

누가 피리를 불어 피멍이 풀린다 해도
마른 가지 노래를 풀어내지 못하네

노을이 붉게 물들면
바람 앞에 다가서네

천년 동안 피 속에 살 속에 또 뼛속에
숨겨온 아픔 뿌리로 깊이깊이 내리네

모반의 계절을 인내하는
비탈에 선 나무들

제2부

—

여름 산정에서

그냥 떠나자

정을 남기지 않고
말없이 떠나는데

산새가 울어 울어
뒤돌아 뒤돌아보네

유랑은 속죄의 길이니
바람아 그냥 떠나자

무등산

고국을 떠나던 날
무등산이 다가와서

심장이 덜컥 멎고
숨도 쉴 수 없었네

긴 세월
나그네 되어
그 산을 떠나 살았네

험하고 힘든 날에
그 산 내 안에 들어오고

정든 마을 거기 있어
내 고향이 되었네

외롭고
힘든 날에는
그 산을 찾아가네

고향 생각

고옥의 뒷마당에
석류꽃 피어 있네

뒷밭 돌무더기에
머욱대 우거졌겠지

감나무
넓은 그늘에
누가 앉아있을까?

아득한 꿈속에서
옛 노래가 들려오네

어머니 대문 밖에서
손 흔들고 계시네

흰 구름
날개를 접고
떠날 줄을 모르네

빨래터

임동林洞과 유동柳洞 사이
물이 맑던 빨래터

흰 적삼 옥색 치마
살랑살랑 춤추었네

지금은
없어졌다만
바람아
쉬어 가거라

여름밤의 추억

모닥불 피워 놓고
평상에 누워 있으면

초롱초롱 빛나던
엄마 별 아빠의 별

지금도
빛나고 있으리
엄마 별 아빠의 별

산정山頂

해가 일찍 찾아오고
늦게까지 머물러도

찬바람 불고 또 불어
거친 바위 뿐이더라

창백한 하늘이 내려와
고사목만 서 있더라

열사熱沙에 묻힌 길

마른하늘 빈혈을 앓고
온종일 바람이 우네

아니다 아니다 하며
내 마음도 울고 있네

열사에
오래 묻힌 길
부은 발로 가야 하리

맹물로 살아도 좋은데

맹물로 순 맹물로
살아도 좋은 세상

소금을 집어넣고
짜디짜게 살았네

한여름
삼복더위에
목이 서걱거렸네

수국水菊

산골 동네 송하리 송이 누나는
송이송이 탐스런 분홍빛 수국

굽이굽이 산길을 전나무 길을
누나 손을 잡고서 걸었습니다

산꿩 울던 골짜기 산딸기 따며
누나하고 둘이서 놀았습니다

수국 피면 언제나 생각납니다
서울 가던 누나가 울던 누나가

산딸기

긴 봄날 한낮에 허리는 굽어지고
계곡의 푸른 숲에서 산 꿩이 울어울어
배고픈 아이들 모여
산딸기 따 먹었네

오늘은 타향에서 떠도는 사람들과
산길을 돌고 돌아 그 산골을 찾아가네
산새들 모여서 울어
산딸기 익어가네

이조의 여인

보듬고 있는 아기는
아까부터 자고 있는데

고사의 달밤 같은
자장가를 부르고 있네

이국선 둥근 창 아래
애수 띈 이조의 여인

갈대 1

잔물결 은빛으로
온종일 반짝이고

나룻배 긴 그림자
남기고 간 강 언덕

바람은
살랑거리고
갈대는 춤을 추네

염소의 뿔 1

안테나 머리에 달고
타국을 떠돌았네

수신이 되지 않아도
버리지를 못하네

고국에 돌아가는 날
모국어로 수신하리

깨진 놋화로

칼이 되어 살육의 도구이기도 했고
제기 되어 신의 제물 담기도 했으리

지금은 깨진 놋화로
불을 담을 수 없네

오천 년의 무게를 떨쳐내어 버리고
햇살 따라 새처럼 날아오르고 싶네

깨어진 놋화로의 꿈
장인의 가슴 설레네

석탑을 쌓으며

산중에
오솔길 내고
초옥에서 살다가

세상이
그리운 날엔
바람 지나는 길목에

석탑을
쌓고
또
쌓으며

한 생을
살고 싶네

제3부

—

가을 해변에서

먼 길을 가네

가슴속에 아픔 있어
길을 가며 노래하네

바람 속에 그리움 있어
길을 가며 노래하네

노래를 부르고 싶어
먼 길을 가고 있네

길 위에서

가는 길이 옳은가
근심하고
근신했는데

지나온 구비마다
부끄러움 남아 있네

속죄를
다 한다 해도
큰 슬픔이 남으리

갈대 2

서리 내린 강 언덕에
찬바람 불고 있네

서로의 살 비벼도
온몸이 흔들리네

한 세상
흔들리며 살아도
고개는 꺾지 않네

가을엔

창문을 활짝 열어
어둠을 밀어내야지

곰팡내 나는 생각과
묵은 말들을 밀어내야지

가을엔
빛에 취하여
밝은 노래해야지

철새候鳥의 노래

마음속 거친 들에
바람 부는 가을밤

소주병 비우다가
먼 별 아래 누우면

별빛은
철새의 노래
날개를 접고 있는

유랑의 슬픔 1

바람 불면 눈을 감고
비가 오면 젖은 채로

이끼 낀 등허리에
슬픔을 지닌 채로

먼 길을
돌아서 왔네
부은 발로
아픈 발로

지혜의 과일

맑은 강 흐르는
에덴동산 한가운데

햇볕에 잘 익어
먹음직스런 과일들

무엇에
쓰려 했을까?
따먹지 못한다면

가을 해변에서

노래하고
춤추고

뜨겁고
즐거웠던

여름이 빠져나간
해변에 비가 오네

파도가 자꾸 밀려와
부서지고 뒹구네

정情

오래고 깊은 정도
떠난 뒤에 돌아보면

엷어 가는 추억 뿐
빛바랜 사진인데

세상에
정을 남기려
근심해서 무엇하리

해국 海菊

절벽 위 바위틈에
뿌리 깊이 내리고

보랏빛 꽃잎들을
예쁘게 피워내고

늦가을 바람 차던 날
깃발로 서 있었네

내가 떠나던 날에도
바닷바람 견디며

흔들리며 흔들리며
힘들게 서 있었네

올해도
바닷바람 앞에
깃발로 서 있겠네

유랑의 슬픔 2

언덕 위 공원에서
시내를 바라보네

길 위의 바람이 찬데
야경이 아름답네

불빛이
저리도 많은데
오늘 밤 쉴 곳이 없네

염소의 뿔 2

삿갓을 눌러 쓰고
뿔들을 감춰 두고

슬픔도 감춰 두고
낯선 도시 떠도네

죗값을 치룬다 해도
뿔과 슬픔은 남으리

추풍

바람 분다
바람 분다
만추 하늘에
찬바람 분다

임이 가시네
임이 가시네
낙엽을 밟고
임이 가시네

무겁게
젖은 날개 접고
서러운 임 가시네

빈 들을 지키고 있네

창백한 하늘에서
바람이 불어오고

까마귀 울며 날아가
붉은 노을 퍼지네

동구 밖 나목 한 그루
빈 들을 지키고 있네

Death Valley에서

지난봄 여기 와서 너와 함께 걸었는데
오늘은 나 혼자 와서
황막荒漠한 언덕을 오른다
바람이 우우 불어가고
너의 손이 그립다

시에라 네바다에서 노을이 타오르고
산들의 슬픈 울음을
아프게 듣는다
황연荒煙한 모래 언덕에서
너의 이름 부른다

밤은 깊이 푸르고 별들이 노래한다
먼 바다의 파도 소리
사라진 옛 이야기
조용히 노래 부른다
너와 함께 부른다

제4부

—

십이월 차고 푸른 날

세월이 지나고 나면

해와 달을 보지 못해도
세월은 흘러가더라

꽃이 피지 않아도
시절은 지나가더라

세월이
지나고 나면
정과 한이 남더라

십이월 차고 푸른 날

내 마음 깊은 곳에
볕드는 땅이 있어

봄이면 씨 뿌리고
가을이면 걷어들이고

그리움
묻어 두고서
한 생을 살으렸더니

겨울이 오는 길목에
그리움이 자라나네

무성했던 잎들 떨어져
길 위에 쌓이네

십이월
차고 푸른 날
길 위에 다시 서네

고향에 돌아 온 밤

붉게 타는 넋으로
동백꽃
지고 또 지고

산새들
서럽게
울다가 잠이 드는데

고향에
돌아온 유랑인
끝내 잠 못 이루네

속으로 타는 불

밖으로 빛을 내며
타 본 적이 없는 불

재가 되도록
속으로만
속으로만 타는 불

인두로
다독거리며
겨울밤을 건디네

소멸消滅의 아픔

마음속 궁전에는
나의 왕이 삽니다

내 몸이 죽고 나면
내 마음이 없어지면

왕이여
없어집니까?
소멸의 아픔이여

홍진 紅塵

묘지 위에 놓인 꽃들
마른 바람에 시드네

그가 세상을 잃고
세상이 그를 잊네

땅거미 진 묘지에는
그가 홀로 누워 있네

생명이 다한 뒤엔
심신이 소멸되는데

부귀는 무엇이며
업적은 무엇인가

이승에 무엇을 남기리
홍진이다
티끌이다

섣달그믐

멀리서
고달프게 살아가는
사람들

보고 싶은 섣달그믐
혼자서 잔을 비우네

올해도
눈은 내리지 않고
마른 바람 불고 있네

울음 우는 정

힘들게 살다 보면
상처를 주고 받고

오랜 세월 지나면
가슴속의 돌이 되네

아득한
겨울 바다에
울음 우는 정이여

산정山頂에 잔광殘光이 빛날 때

겨울 해는 기울고
찬바람이 부는데

소복한 여인이
눈 덮인 산을 오르네

산길이 끊어졌는데
그냥 오르고 있네

아프게 끊어졌기에
뒷모습이 슬프네

종명終命을 바라보고
아쉬워 서성이네

잔광이 빛나는 산정에
정과 한이 남아 있네

불귀不歸

조국을 위하여 여름에 떠난 사람
불귀
자유를 위하여 가을에 떠난 사람
불귀

보름달
뜨는 저녁이면
동구 밖 노송이 우네
불귀
불귀

먼 훗날도 가다가

오늘도 가고
내일도 가고
먼 훗날도 가다가

산기슭 돌아가는
어느 강에 이르러

그 이름
목메어 부르면
대답할까?
대답할까?

회억回憶의 애가哀歌

먼 바다의 노을이 어둠 속으로 사라지고
사람들 떠난 포구에 보름달 떠오르면
옛날의 슬픈 노래
그리워서 부르네

깊이 잠든 바다 위로 안개가 번져오면
생나무 울타리에 어깨를 올려놓고
옛날의 슬픈 노래
외로워서 부르네

여름날의 기억과 바다 저편의 이야기
아픔과 그리움으로 자꾸만 밀려오면
옛날의 슬픈 노래
밤새도록 부르네

내 마음 비에 젖네

바람 부는 거리를 온종일 서성이다가
급한 일 없었는데 쫓기는 사람처럼
비속에 밤 열차 타고
그 사람 떠나 왔네

다시 만날 때까지 아무 일 없을 것처럼
쉬 돌아올 것처럼 기약도 인사도 없이
이렇게 긴 이별일 줄
그때는 몰랐었네

이국의 거리에 온종일 바람이 불고
그 겨울에 그랬듯이 오늘도 서성이네
차가운 비가 내리네
내 마음 비에 젖네

우우吁吁 탄식嘆息하네

슬프고 아픈 이야기
그 겨울에 있었네

외롭게 떠난 뒤에
돌아오지 않는 사람

그리워
길을 나서면
바람이 우우 부네

쓸쓸한 공원길에
낙엽이 우우 지네

어두워지는 거리에
찬비가 우우 내리네

아프게
탄식을 하며
그 이름을 부르네

노을이 번질 때

이국의 하늘에
사무치는 서러움이

구름에 쌓여서
서쪽으로 흘러가네

노을이
멀리 번지면
붉어진 눈을 감네

하늘을 날아라

꼬꼬닭아 꼬꼬닭아
하늘을 날아 보아라

몸통은 통실통실
알집이 커져 있네

비좁은 닭장 안에서
닭알만 낳다 가네

날개는 퇴화했고
날아본 적 없지만

하늘을 날고 싶어서
고개를 처들고 있네

하늘을 날아 보아라
꼬꼬닭아 꼬꼬닭아

삶을 규정하는 몇 개의 편린들

황인원
시인

시인들은 시를 왜 쓰는 것일까? 사람들은 또 왜 그 시를 읽는 것일까? 이 질문은 세상에서 시가 향유되는 이유를 찾는데 가장 좋을 것이다. 시 쓰기로 어느 정도의 시간을 쌓게 되면 나름의 시철학이 생긴다. 그것을 이름하여 시정신이라고 한다. 누구는 이에 대한 답을 '깨달음'이라고 하고, 또 어느 누구는 '상상력'이라고 하기도 한다. 이외에 많은 것을 시 쓰는 이유로 든다. 그런데 이런 이유들을 통틀어 보면 결국은 우리가 잘 살기 위해서다. 인간답게 살기 위해, 지혜롭게 살기 위해서라는 답이 나온다.

그렇다. 세상 모든 행위는 인간을 잘 살게 하기 위해서다. 부를 위해서가 아니라, 명예를 위해서가 아니라, 인간답게 살게 하기 위해서다.

그러면 인간답게 산다는 것은 무엇일까. 생각하며 사는 것이 아닐까. 인간이 다른 동물과 다르게 진화할 수 있었던 이유는 생각할 수 있는 능력 때문이다. 생각의 기저에는 질문이 있다. '왜 그럴까' '어떻게 해결할까' '무엇을 해야 할까' 이런 질문과 답이 곧 생각이다. 그렇다면 생각이 인간 삶을 유지하는 핵심이 된다.

생각에는 많은 단어가 내포되어 있다. 상상도 생각이요. 논리도 생각이다. 기억도 생각이고, 그리움도 생각이다. 미래를 꿈꾸는 것도 생각이며, 현실의 아픔도 생각이다. 사람의 마음을 펼쳐내는 과정에는 반드시 생각이 있는 것이다.

시도 다르지 않다. 시인의 생각을 글의 일정한 형식으로 펼쳐내면 시다. 그래서 그 시인의 생각이 무엇인지, 무엇을 펼쳐내려고 했는지를 아는 것은 곧 그의 삶을 들여다보는 일이기도 하다. 그의 삶이 생각을 만들고 생각이 곧 시로 드러나기 때문이다. 한 권의 시집을 읽으며 시인의 의도를 추적하곤 하는 이유가 여기에 있다.

이번 기영주 시인의 시집 『남가주 해변의 염소』는 삶의 어떤 생각을 담고 있을까. 필자는 시집을 읽으면서 그의 생각 세 가지를 보았다.

1. 삶은 기억이다

고옥의 뒷마당에
석류꽃 피어 있네

뒷밭 돌무더기에
머욱대 우거졌겠지

감나무
넓은 그늘에
누가 앉아있을까?

아득한 꿈속에서
옛 노래가 들려오네

어머니 대문 밖에서
손 흔들고 계시네

흰 구름
날개를 접고
떠날 줄을 모르네

―「고향생각」 전문

유독 기영주 시인의 이번 시집에서 주목되는 단어가
'기억'이다. 이 작품은 고향에 대한 기억을 담고 있다. 고
향은 내가 삶을 갖게 된 출발 공간이다. 우리에게 이 공간
이 내 몸과 헤어진 장소일 때, 그래서 기억에만 남아 있는
곳일 때는 대부분 긍정의 대상으로 자리한다.

이 작품에서 긍정의 두 개의 행위로 드러난다. 하나는
뒷마당과 뒤뜰이라는 '뒤' 공간에서 석류꽃의 '피어남'과
머욱대의 '우거짐'이다. 시인이 고향 집을 떠올리면서 피

어나고 우거진 장면을 떠올렸다는 것은 뒷공간이 만개의 장소로 인식되어 있음을 말한다. 만개는 완성을 의미한다. 그러니 기영주 시인에게 고향집 '뒤'는 움직임 없는 기억 속의 정적 공간으로 긍정과 행복의 완성 장소다.

이와 대비되는 두 번째 수에는 '대문'과 같이 '앞' 공간의 의미를 지니고 있는데 꿈속에서 나에게 노래가 들려오는 움직임이 있고, 어머니가 손을 흔드는 동적인 장소다. 동적이라는 것은 완성이 아닌 과정을 뜻한다. 말하자면 '옛 노래'와 어머니의 '손 흔듦'은 시인의 삶을 이끄는 힘이 되는 것이다. 그 힘은 구름도 날개를 접고 멈출 만큼 강력하다. 이처럼 기영주 시인에게 삶은 '옛 노래'와 '어머니의 손 흔듦' 같은 동적 기억이다.

그래서 시인은 "임동林洞과 유동柳洞 사이/ 물이 맑던 빨래터// 흰 적삼 옥색 치마/ 살랑살랑 춤추었네// 지금은/ 없어졌다만/ 바람아/ 쉬어 가거라"(「빨래터」)에서처럼 물이 맑게 흐른 빨래터에서 살랑살랑 춤춘 흰 적삼 옥색치마를 떠올린다. 물이 흐르는 움직임에서 춤추는 치마의 움직임으로 이어지다가 지금은 사라진 기억 속의 장소라는 정적인 모습을 보이다가 움직임을 되살리기 위해 바람을 부르게 된다.

실제 그 동적 기억은 「가슴속의 돌」처럼 자신의 정체성을 지키는 힘으로 드러난다.

고국을 떠나던 날
가슴속에 박힌 돌

그리우면 자라고
아프면 단단해지네

밤중에
잠에서 깨어
그 울음소리 듣네

— 「가슴속의 돌」 전문

　'가슴 속에 박힌 돌'이란 기억 중에서도 가장 굳건한 기억이다. 그것이 자라고 단단해져 시인의 내면을 완벽하게 장악한다. 시인은 이를 두려워하거나 싫어하지 않는다. 왜냐하면 「고향생각」에서의 '옛 노래'나 '어머니의 손 흔듦'이 저장된 '가슴에 박힌 돌'인 까닭이다. 오히려 나를 키운 것, 나를 움직이게 한 것이 더욱 자라고 단단해져 시인 자신의 정체성을 이루게 된다.

　시인은 살다가 '내가 누구인가'를 잊는 움직임 없는 상태로 빠져들면 이를 헤쳐 나오는 방법의 하나로 모두가 잠든 밤에 깨어 자신을 만들었을 '옛 노래'나 '어머니의 손 흔듦' 같은 움직임이 내는 울음소리를 들으며 자신의 정체성을 잊지 않으려 하는 것이다.

　「무등산」도 바로 이런 작품이라고 할 수 있다. 무등산을 떠난다면 자기의 정체성이 위기를 맞을 가능성이 크다. 이때 그에게 다가온 것은 고향의 상징이라고 할 수 있는 산이다. 그것이 시인의 심장과 숨결에 깃들어졌다. 이유가 무엇이었겠나. 자기가 누구인지 잊지 말라는 것이다. 그러니 오랫동안 살기 바빠 잊고 잊었다가도, 특히 유독 힘들고 험하고 외로운 삶이다 싶을 때면 시인의 가슴 안에 들어와 있는 것이다.

2. 삶은 그리움이다

화창한 봄날 오후 창밖을 내다보네
푸르디 푸른 하늘 비행기 한 대 날아가네

하얀 길 하나 남겨 놓고
소리 없이 사라지네

조용해진 방 안에 햇살이 가득 차네
마음이 멀리 떠나고 그리움이 밀려오네

푸르디푸른 하늘에
보고 싶은 얼굴들

—「오후의 병실」 전문

어느 날 오후 병실에서 하늘을 보니 비행기가 지나간다. 어린 시절 국군의 날이면 하늘에 하얀 줄을 그으며 쇼를 하는 비행기를 볼 수 있었다. 또 이런 날이 아니어도 간

혹 비행기가 지나간 자리에 옅은 하얀색 길이 만들어지곤
했던 것을 기억한다. 그것을 떠올리듯 하늘에 생긴 하얀
길을 본다. 이 하얀 길은 햇살과 그리움을 밀려오게 하는
수단이다. 어린 시절과 따스함, 그리고 그리움이 한꺼번
에 시인에게 다가온다. 기억을 넘어 그리움으로 다가오는
것이다.

'그리움으로 밀려오는' '보고 싶은 얼굴'들의 중심에는
어머니가 있다.

　　젊은 과부 소복하고
　　치마끈 동여매고

　　팔다 남은 떡 바구니
　　머리에 이고 오는데

　　배고픈
　　새들이 와서
　　전깃줄에 앉아있네

　　　　　　　　　　　　　　　　　　ー「배고픈 새들」 전문

「배고픈 새들」의 젊은 과부는 어머니였을 가능성이 크
고, 배고픈 새들은 자식들이었을 게다. 이 작품이 경험을
바탕으로 했다면 시인은 아마도 배고픈 새들 중 한 마리였
으리라. 우리가 어려웠던 시절을 그린 드라마의 한 장면
처럼 눈에 선하다. 작품의 주인공이 젊은 과부도 아니고

배고픈 새들도 아닌 탓에 우리에게 더욱 다가오는 것이다. 그래서 어머니였을 젊은 과부가 주인공이었을 때 나올 수 있는 피 토하는 한의 목소리도 없고, 배고픈 아이들이 주인공이었을 때 나올 수 있는 배고파 허기진 모습의 절망도 없다. 즉 슬픔을 슬프지 않게 담담하게 풀어냈기에 드라마의 한 장면처럼 이 상황에 빨려 들어가게 된다. 특히 어머니인 젊은 과부의 슬픔과 절망과 다른 한편의 아이들을 살려야 한다는 의지도 엿보인다. 궁핍함을 옷처럼 입고 살던 전 세대의 홀로된 어머니들 모습이다.

필자가 문단활동을 활발하게 하지 않은 탓일 수 있지만 솔직히 필자는 기영주 시인을 모른다. 나이도 모르고 이름도 이번에 처음 알았다. 그런데 시인의 나이는 대략 70대~80대 정도일 듯싶다.

그러고 보면 우리의 윗대는 참으로 힘든 시절을 보냈다. 망한 나라에서 태어나 어렵게 광복이 되자 이번에는 전쟁이 일어난다. 이로 인해 직접 전쟁에 나가거나, 아니면 자식을 전쟁터로 보내야만 했던 사람들이다. 1910년대~1920년대 생들이다. 그 자식들은 주로 30년대~40년대 생이고 50년대 생도 있다. 한국전쟁이 일어난 1950년이면 지금부터 71년 전이니 동란둥이들도 이미 우리 나이로 72세인 것이다. 광복은 그보다 5년이 앞서니 광복둥이는 77세이다. 이보다 빠른 30년대 중후반생과 40년대 초반생은 이미 80대다. 쇠잔한 나이다. 이 나이에는 어머니가 그리움의 대상이자 삶의 원동력이 된다.

> 사십 전에 과부 되어
> 여섯 자식 키우셨네
>
> 그 많은 비웃음을
> 어떻게 견뎠을까?
>
> 한밤중
> 한숨 같은 울음
> 시리고 아팠으리
>
> ─「어머니의 한루恨淚」 전문

눈물로 점철되었을 어머니의 힘겨운 삶이 보인다. '시리고 아픈' '한숨 같은 울음'을 참으며 자식을 키운 어머니에 대한 그리움이 보인다.

이 작품이 그리움으로 오지 않고 기억으로 끝났다면 '어머니가 그렇게 어렵게 우리를 키우셨지'로 초장의 장면으로 끝났을 가능성이 크다. 그러나 '그 많은 비웃음을 어떻게 견뎠을까?'하는 질문은 곧, 생각한다는 것을 의미한다. 생각은 앞서 얘기한 대로 인간을 인간답게 잘 살도록 유지하는 도구이며 지혜를 얻는 방법이다. '어떻게 견뎠을까'는 견딤의 방법은 물론이고 그 견딤을 통해 나도 그렇게 하겠다는 의미의 표현이기도 하다.

그리움은 그런 것이다. 그리움은 정적이 아니다. 무엇

을 그리워한다는 것은 그리움의 대상으로 내 생각이 들어가는 동적인 상태임을 말하며, 그리움의 대상처럼 지혜로운 행동하고 싶다는 것을 뜻한다. 따라서 그리움이라는 생각은 단순한 기억이 아니라 내가 잘살도록 지혜를 얻는 힘이다. 그래서 「어머니의 한루」에서 어머니에 대한 보답으로라도 '힘내 잘 살아야지' 하는 의지도 엿보인다고 할 수 있다. 특히 '한밤중/ 한숨 같은 울음/ 시리고 아팠으리'로 가면 이미 시인이 당시의 어머니와 일체화되어 어머니가 했을 시리고 아픈 울음을 행하고 있음을 암시하기 때문이다. 그리움이 곧 삶인 것이다.

그리움은 삶의 의지와 함께, 어머니가 그랬던 것처럼 미래를 꿈꾸게 된다. 아마도 어머니는 「어머니의 한루」에 나오는 여섯 자식을 키우면서 이들 자식 하나 하나의 성공을 꿈꿨을 것이다. 만약 삶에 꿈이 없다면 살아도 산 것이 아니다.

3. 삶은 꿈이다

시인의 삶은 아마도 「열사熱沙에 묻힌 길」처럼 쉽지 않았던 것 같다. 늘 '마른 하늘이 빈혈을 앓고 온종일 바람이' 우는 삶이었던 것 같다. 그래서 '조용한 봄날' '무덤가'를 찾아가 '혼자서/ 우는' (「할미꽃」) 날이 많았을 수도 있다. 무덤이 안락의 장소로 여겨졌을 수도 있다. 그러나 그것도 잠시 '아니다 아니다 하며' '열사에 묻힌 길'도 '부은 발로 가야하리'라고 다짐한다.

시인의 삶이 쉽지 않았다는 점은 「맹물로 살아도 좋은데」나 「비탈에 선 나무들」 등에서 잘 나타난다. '맹물로 순 맹물로/ 살아도 좋은 세상// 소금을 집어넣고/ 짜디짜게 살았'(「맹물로 살아도 좋은데」)다. '목이 서걱거'릴 정도로 짜게 살았다. 소금을 집어넣은 것은 자신이다. 누가 일부러 넣은 것이 아니라 자기 스스로 자신을 채찍질하기 위해, 그렇게 살지 않으면 안 될 것 같아서 짜게 산 것이다.

'짜다'는 말은 경제적 짬, 즉 절약을 의미하는 것이기도 하지만 일상을 긴장하면서 무엇인가를 각성해야만 했던 삶을 말한다. 그러면 무엇 때문에 이리도 긴장하고 각성 속에서 살아왔을까. '삿갓을 눌러 쓰고/ 뿔들을 감춰 두고// 슬픔도 감춰 두고/ 낯선 도시 떠'돌며 '죗값을 치른다 해도/ 뿔과 슬픔은 남으리'(「염소의 뿔 2」)라고 여기는 것을 보면 죗값을 치르기 위함이다. 결코 없어지지 않을 죄인 것이다.

죗값을 치르기 위해 그는 유랑을 떠난다. '슬픔을 지닌 채로' '부은 발로/ 아픈 발로' '먼 길을 돌아'(「유랑의 슬픔 1」)다니면서 '오늘 밤 쉴 곳이 없'(「유랑의 슬픔 2」)으면 그것도 속죄의 방법이려니 생각한다. '유랑은 속죄의 길이니/ 바람아 그냥 떠나자'(「그냥 떠나자」)한 것을 보면 그렇다.

그가 어떤 죄를 지은 것일까? 이 시집에 구체적으로 나와 있지는 않지만 열심히 산 과정에서 일어난 일이듯 싶다.

해와 달을 보지 못해도
세월은 흘러가더라

꽃이 피지 않아도
시절은 지나가더라

세월이
지나고 나면
정과 한이 남더라

— 「세월이 지나고 나면」 전문

이 작품을 20~30대가 썼다면 대단히 관념적이라고 평할 수 있다. 그러나 나이가 시인의 일생으로 바라본다면 이는 명언이다. 그동안의 삶의 경험에서 비롯된 말이기 때문이다. 시인은 '해와 달을 보지 못'할 만큼, '꽃이 피'는 것을 보지 못할 만큼 부지런히 바쁘게 살았다. 해와 달, 꽃을 보지 못해도 시간은 흘러 세월이 갔다. 그런데, 그런데 말이다. 그렇게 세월이 가서 '내가 잘 살았다'는 느낌이었으면 좋은데 '세월이/ 지나고 나면/ 정과 한이 남더라'는 인식을 하게 되면 자신이 삶을 잘못 살았다는 느낌이 들 수밖에 없다.

길을 지나면서도 늘 '가는 길이 옳은가', '근심하고 근신했'(「길 위에서」)다고 보여진다. 그렇다면 죄는 바로 이 정한과 관련 있는 것일 게다. 정한은 정이라는 단어와 한이라는 단어를 따로 볼 수도 있지만, 정한을 묶어서 보면 정이 있어 한이 쌓인다는 의미의 단어다. 우리 민족에게 한이 많은 까닭은 정이 많아서다. '다정다한'이라는 말이 그것을 보여준다. 정이 많아 한이 많다는 것이다. 즉 누군가와 정이 쌓였는데 그 정을 다하지 못하면 한이 된다. 이럴 경우 대부분 가족과 관련 있다. 부모나 자식은 나에게 정을 직접 쌓을 수 있는 관계다. 그런데 이 정을 다하지 못했다는 것은 부모나 자식과의 이별을 뜻한다. 부모에게 자식의 도리를 다하지 못했다고 느끼거나, 자식에게 부모의 정을 다 주지 못했다고 여겨질 때 드는 죄책감이다. 아마도 시인이 속죄의 길을 떠나는 이유도 여기에 있지 않나 싶다.

그런 시인은 강물 같이 온화하게 흐르던 자신의 삶 속에 정한이라는 폭포를 만난 사실을 알아챈다. 「깨달음」이 그것을 말해준다. 강물이 급격히 추락하면 폭포를 만나 상처가 무엇인지 아픔이 무엇인지를 모르면 그저 평온히 흐르는 게 제 일상인 줄 알면서 바다라는 죽음에 이를 것이다. 하지만 삶의 중간에 강물은 폭포를 만나 상처가 깊게 들고 흐른다는 것이 아픔과 슬픔과 그리움이라는 것을 알게 되는 것이다. 그렇다면 세월이 흐른다는 것은 아픔과 슬픔과 그리움이 함께 흐른다는 것 아니겠는가.

> 산중에
> 오솔길 내고
> 초옥에서 살다가
>
> 세상이
> 그리운 날엔
> 바람 지나는 길목에
>
> 석탑을
> 쌓고
> 또
> 쌓으며
>
> 한 생을
> 살고 싶네
>
> — 「석탑을 쌓으며」 전문

'석탑을 쌓'는다는 것은 기도하며 수양의 자세로 살겠다는 의미다. 시인에게 이제 삶은 기도를 하는 것이다. 그런 삶을 사는 것이 꿈인 것이다. 만약 꿈이 없다면 과거의 기억과 현재의 그리움에 매달린 채 미래로 나아가는 삶을 영위할 수 없을 것이다. 급기야 '창문을 활짝 열어/ 어둠을 밀어내야지// 곰팡내 나는 생각과/ 묵은 말들을 밀어내야지// 가을엔/ 빛에 취하여/ 밝은 노래해야지'(「가을엔」)하고 다짐하기에 이른다. 그 다짐은 나아가 우리에게 불가능하게 보이는 것을 가능하도록 꿈의 주문으로 이어진다.

지금까지 기영주 시인의 시집에 담긴 생각들을 나름대로 찾아보았다. 그 생각은 기억으로 나타나기도 하고 그리움으로 나타나기도 했다. 또 꿈으로도 이어지기도 했다. 사실 우리가 작품을 보고 해설이나 평을 하는 비평중심이 주를 이루고 있지만 시인의 삶이 그의 시 정신에 어떤 영향을 미치고 있는지를 찾아 드러내는 것 또한 매우 중요한 일임을 다시 한번 이번 시집 해설을 통해 얘기하고 싶어진다.

시인은 이 시집에서 스스로에게 하는 말과 같은 꿈의 주문을 한다. 그 작품을 소개하면서 마무리하고자 한다. 그야말로 기영주 시인을 비롯해 우리는 모두 이제 하늘을 날도록 부단히 날개를 움직여야 하는 닭일 수 있다.

꼬꼬닭아 꼬꼬닭아
하늘을 날아 보아라

몸통은 통실통실
알집이 커져 있네

비좁은 닭장 안에서
닭알만 낳다 가네

날개는 퇴화했고

날아본 적 없지만

하늘을 날고 싶어서
고개를 쳐들고 있네

하늘을 날아 보아라
꼬꼬닭아 꼬꼬닭아

　　　　　　　　　　　　　― 「하늘을 날아라」 전문

열린/시/학/정/형/시/집 164

남가주 해변의 염소

초판 1쇄 인쇄일 · 2021년 11월 10일
초판 1쇄 발행일 · 2021년 11월 20일

지은이 | 기영주
펴낸이 | 노정자
펴낸곳 | 도서출판 고요아침
편   집 | 정숙희 김남규

출판 등록 2002년 8월 1일 제1-3094호
03678 서울시 서대문구 증가로 29길 12-27, 102호
전화 | 302-3194~5
팩스 | 302-3198
E-mail | goyoachim@hanmail.net
홈페이지 | www.goyoachim.net

ISBN 979-11-6724-049-1(04810)
ISBN 978-89-6039-728-6(세트)